¿Cómo comen los

dinosaurios?

DEINONYCHUS

PROTOCERATOPS

LAMBEOSAURUS

POLACANTHUS

CRYOLOPHOSAURUS

AMARGASAURUS

GORGOSAURUS

SPINOSAURUS

SUPERSAURUS

QUETZALCOATLÚS

DEINONYCHUS

PROTOCERATOPS

LAMBEOSAURUS

POLACANTHUS

AMARGASAURUS

CRYOLOPHOSAURUS

SPINOSAURUS

GORGOSAURUS

SUPERSAURUS

QUETZALCOATLUS

JANE YOLEN

¿Cómo comen los

dinosaurios?

Ilustrado por
MARK TEAGUE

SCHOLASTIC INC.
New York Toronto London Auckland Syndney
Mexico City New Delhi Hong Kong Buenos Aires

Originally published in English as *How Do Dinosaurs Eat Their Food?*

Translated by Pepe Alvarez-Salas.

This book was originally published in English in hardcover by the Blue Sky Press in September 2005.

ISBN 0-439-76404-1

Text copyright © 2005 by Jane Yolen.
Illustrations copyright © 2005 by Mark Teague.
Translation copyright © 2005 by Scholastic Inc.
All rights reserved. Published by Scholastic Inc.
SCHOLASTIC and associated logos are trademarks
and/or registered trademarks of Scholastic Inc.

12 11 10 9 8 7 6 5 4 3 2   05 06 07 08 09

Printed in the U.S.A.   24
First Spanish printing, December 2005

Al pequeño David, que es un dinosaurio espléndido

J. Y.

A Michael Cavanaugh

M. T.

¿Qué hace un dinosaurio
durante la comida?
¿Eructa, hace ruidos
y otras groserías?

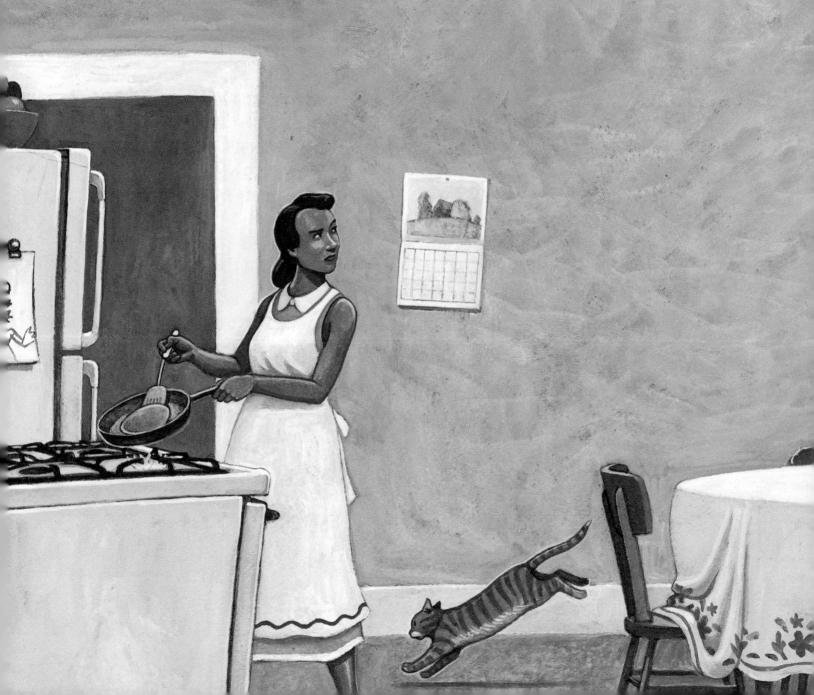

¿Tira el cereal

y la taza

arroja

y espera que alguien luego la recoja?

¿Se retuerce, se impacienta,

se levanta de la mesa?

¿Se mancha de salsa
de pies a cabeza?

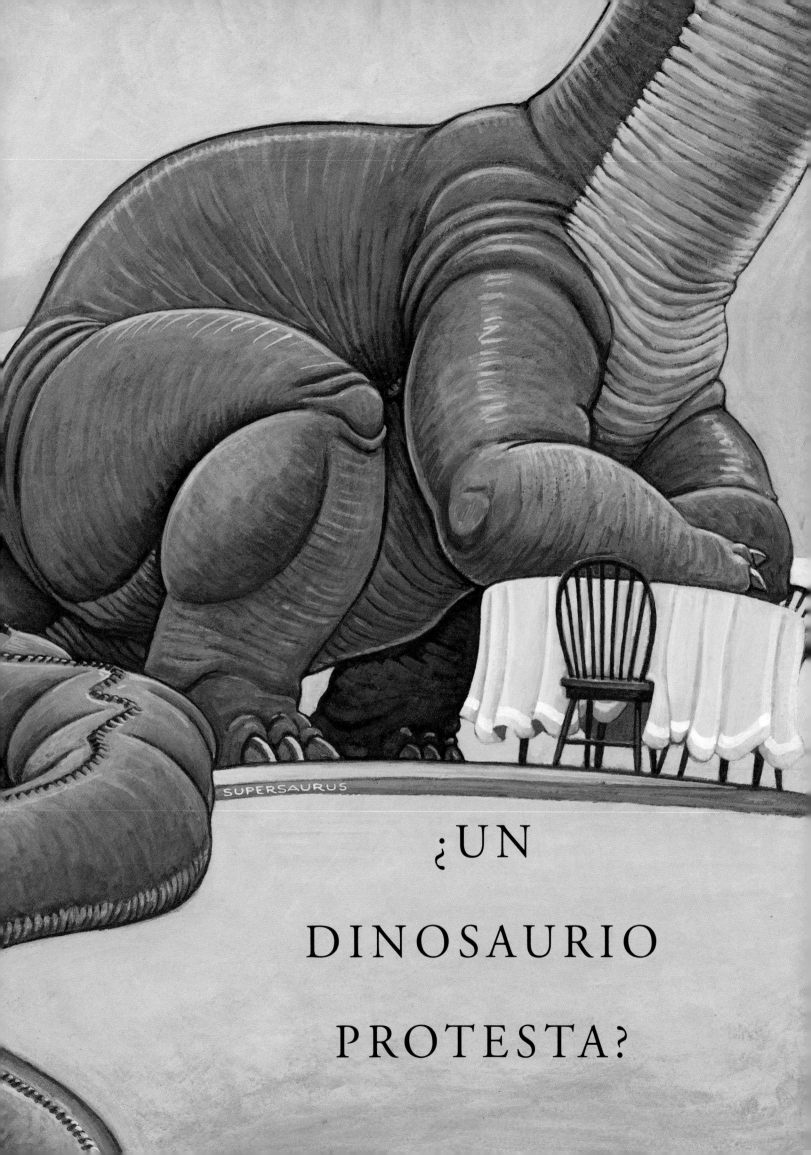

¿UN

DINOSAURIO

PROTESTA?

¿Qué hace un dinosaurio
cuando es educado?
¿Escupe su brécol
medio masticado?

¿Juega con la leche
porque lo hace feliz?

¿Se mete la comida
por la nariz?

¿Estruja naranjas
y se echa a reír?

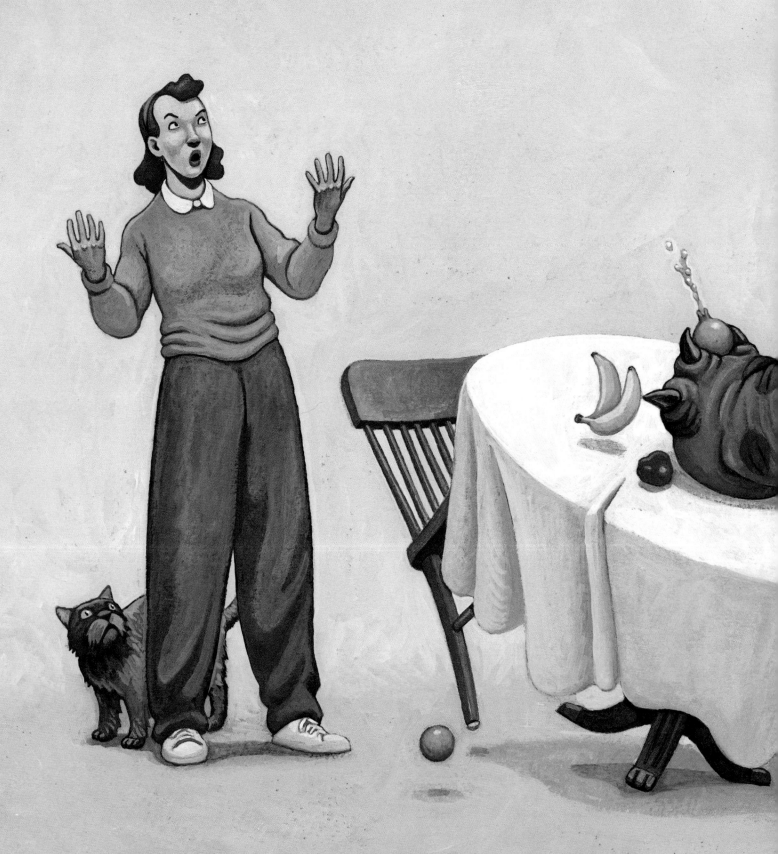

POLACANTHUS

No…
Dice siempre
"gracias"

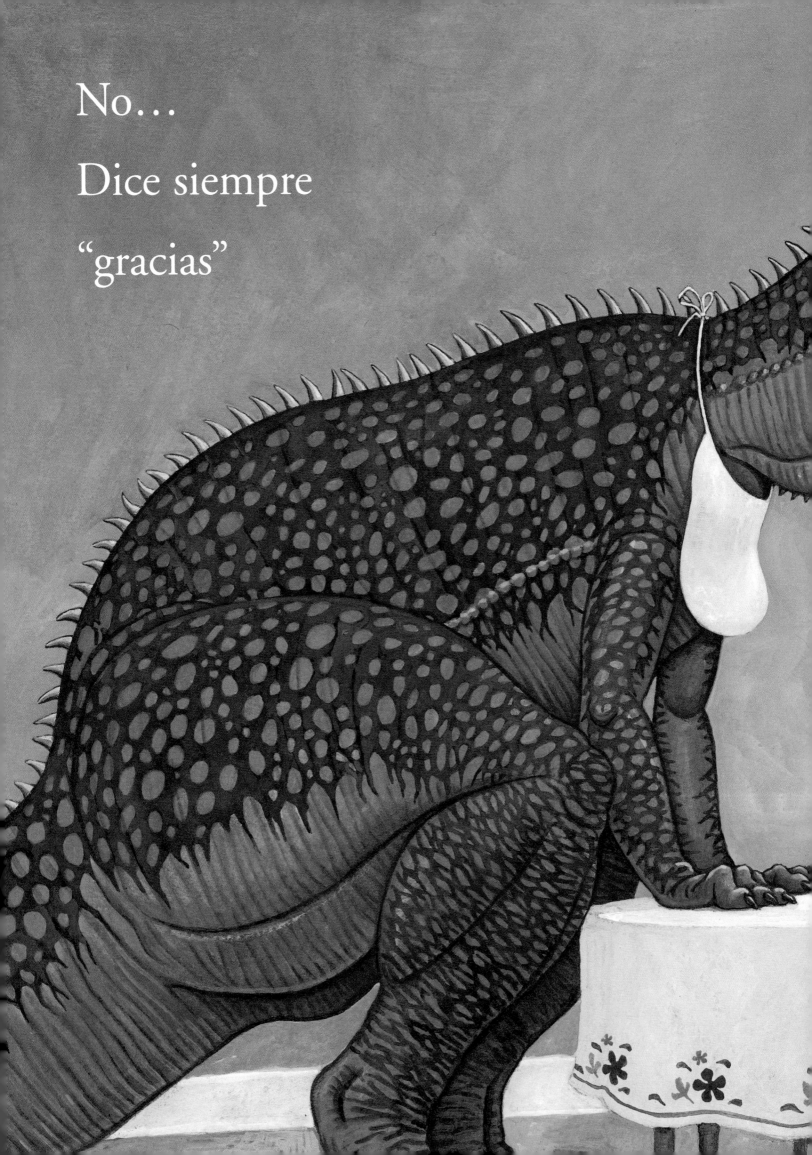

y "por favor".
Se sienta
tranquilo.

Come con educación.

Prueba un poco
de esto
y un poco
de aquello.

Nunca hace ruidos

que suenen

muy feos.

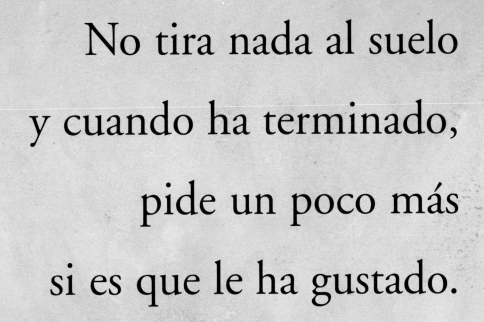

No tira nada al suelo
y cuando ha terminado,
pide un poco más
si es que le ha gustado.

Come bien.

Buen apetito, mi dinosaurio chiquito.

DEINONYCHUS

PROTOCERATOPS

LAMBEOSAURUS

POLACANTHUS

AMARGASAURUS

CRYOLOPHOSAURUS

GORGOSAURUS

SPINOSAURUS

SUPERSAURUS

QUETZALCOATLUS

DEINONYCHUS

PROTOCERATOPS

LAMBEOSAURUS

POLACANTHUS

CRYOLOPHOSAURUS

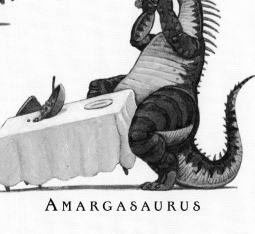

AMARGASAURUS

GORGOSAURUS

SPINOSAURUS

SUPERSAURUS

QUETZALCOATLUS

pastedown